Wolfgang Schmidt · Das weite flache Land oder — Erkennungsschwierigkeiten

Das weite flache Land oder — Erkennungsschwierigkeiten

WOLFGANG SCHMIDT

Druck- und Verlagshaus Enger GmbH · Anrath

ISBN 3 - 922 765 - 00 - 9

Copyright 1980 bei Druck- und Verlagshaus Enger GmbH, Anrath
Alle Rechte der Verbreitung, auch durch Film, Funk,
Fernsehen, fotomechanische Wiedergabe
und auszugsweisen Nachdruck, sind vorbehalten.
Umschlag: Heiko Beerbaum, Düsseldorf
Gesamtherstellung: Druck- und Verlagshaus Enger GmbH, Anrath
Printed in Germany

I

AM ANFANG

Am Anfang
ist
nichts einfach,
nichts kompliziert.
Am Anfang
ist
alles
ganz anders.

Wir stehen immer am Anfang.

VERTIEFUNG

Er liest.
Mehr und mehr
vertieft er sich in ein Gedicht.
Möwen fliegen kreischend durch
die Zeilen.
Worte schlagen gegen
den Strand.
Schließlich
watet er mit offenem Hemd und
nackten Füßen
durch
den Text.

VERÄNDERUNG

Der Baum wächst ins Zimmer.
Fische fließen durch die Scheiben.
An der Wand
wandern Schmetterlinge.
Alte Vasen schlagen Wurzeln.
Alles
verändert sich.
Farben zerspringen.
Ich werfe
Stühle, Tische und Pläne
aus dem Fenster,
zerreiße das Telefon.
Ich wundere mich nicht.
Wieso auch?

SCHWIERIGKEITEN 1979

Es ist schwierig geworden
mit
Familie und Schule,
mit Krieg und Frieden und
Gelassenheit.
Es ist schwierig geworden
mit
Begeisterung.
Schwierig geworden ist es
mit
Lyrik.

UMWELTFREUNDLICH

Meine Gedichte
sind
umweltfreundlich.
In ihnen
fahren weder Autos noch Motorräder.
Zwischen den Zeilen
liegen keine Spraydosen.
Meine Sätze
spritzen kein Gift –
an meinen Worten
hängen
keine Plastiktüten.

GANG MIT WORTEN

Ich gehe
mit meinen Worten
durch die Felder —
hänge sie an einen Rotdornstrauch,
spiele mit ihnen im Heu,
sehe sie blühen am Hang.

Ich gehe
mit meinen Worten
durch die Straßen —
werfe sie gegen Schaufenster,
klebe sie an einen Kiosk,
sehe sie schreien im Rinnstein.

BEUNRUHIGUNG

Das Getreide steht gut,
die Weiden sind grün,
die Preise stabil.
Es wird nicht gestreikt oder
demonstriert.
Die Gärten sind gepflegt,
Angler angeln.

Ich bin beunruhigt.

ICH BIN DER HERBSTSTURM

Mit meinen Gedichten
verlasse ich
die Stadt.
Ich hasse
Korridorverse und
Asphaltgedanken mit Schlips.
Ich bin der Frühlingswind,
ich bin der Herbststurm.
Morgens
flattern Krähen aus meinem Schlaf.

FLASCHENPOST

In
meinen Gedichten
brütet der Häher und
lauert der Iltis.
Durch
meine Gedichte
bummelt die Sehnsucht.
Auf
meinen Gedichten
treibt Flaschenpost.

VERBEULTE ZEIT

Es tropft.
Birken erschrecken und
erfinden Zeit.
Über Kalender
kriechen Schnecken.
Termine verschmieren.
Alle Uhren laufen davon.
Aus Fahrplänen
wuchern Narzissen.
Alleen
streiten sich um Frühling.
Meine Zeit
ist
verbeult.

GROTESK DAS FLACKERN DER KERZE

Schwarz
treibt die Nacht.
Der Tag ist tot.
Grotesk das Flackern der Kerze.
Ich
zerschneide meine Gedanken und
klebe sie
auf einen blauen Teller.

EIN SCHÖNER TAG

Bachstelzenspiele
auf den Bungalows.
Zart
die Strophen der Mönchsgrasmücke.
Der Rasen ist gesprengt.
Ein schöner Tag.

Hungerkatastrophe in Äthiopien.
Hunderttausende
obdachlos
in Bangla Desh.
Die Nachrichten waren kurz heute.

HERAUSFINDEN

Herausfinden,
was
wesentlich ist.
Auf der Suche sein,
horchen, filtern,
sortieren.
Herausfinden,
was
unwesentlich ist.

KALTE WAND

Wir lernen, versäumen und
strengen uns an.
Wir sträuben uns und
machen mit,
fahren in Urlaub und
kommen zurück.
Geduldig
sind wir und
lehnen uns
gegen
die kalte Wand.

MORGEN IST MITTWOCH

Nebel flutet
durch die Gärten.
Ich
lasse die Jalousien herunter und
schalte das Radio ein.
Ich
male alberne kleine Figuren
ins Notizbuch.
Sinnlos am Kaktus
die Künste der Spinne.
Meine Gedanken hängen durch.
Ich ordne alte Zettel und —
zerreiße sie.
Was soll's?
Die Bücherwand gähnt.
Morgen ist Mittwoch.

ZUSAMMENHANG

Sturzflug des Sperbers –
Abendsonne über dem Waldteich –
Gewittersturm und tobende See –
Sozialer Rausch eines Kiebitzschwarms –
Tod und Elend im Schnee –
Sterne, Sterne und schwarzblauer Himmel –

Der Unfalltod eines Sechsjährigen –
Sozialhelfer unterwegs –
Hertha BSC : Borussia Dortmund –
die Verlassenheit eines Verlassenen –
Sommerschlußverkauf –
das Wort zum Sonntag auf Kanal I –

Zu suchen ist
ein Koordinatensystem.
Es geht
um
Zufall und Notwendigkeit –
es geht
um
Sinn und Gerechtigkeit –
um
Pflicht, Hoffnung und Verzweiflung.
Es geht
um
den Zusammenhang.

EIN SCHWIERIGER ABEND

Ein schwieriger Abend
mit
Vivaldi, Ernst Bloch und
der Steuererklärung.
Vor den Fenstern
wütet Dunkelheit.
Aphorismen
kriechen über den Tisch.

ICH BIN NICHT – WO ICH BIN

Ich bin nicht – wo ich bin.
Ich lebe
in wogenden Kornfeldern,
in Buchenwäldern,
an kleinen wilden Flüssen, wo noch
der Eisvogel jagt.
Nirgends
bin ich zu fassen.
In Grenzbezirken ist
mein Revier.
Ich ziehe mit Wolken und Wellen,
ich wandere zwischen munteren Worten,
verstecke mich
hinter Büschen und Fragen.
Ich bin nicht –
wo
ich bin.

MITTLERE JAHRE

Entscheidungen platzen.
Nebensachen nehmen an Bedeutung
zu.
Unmerklich
wächst die Erfahrung und
welkt.
Die Vorfälle häufen sich.
Mittlere Jahre.

Ich führe ein ganz normales Leben.

MÖBLIERUNG

Sich wohlfühlen
in
einer Meinung,
sich in ihr bequem machen.
Heimisch werden
in
einer Meinung.
Sich in ihr einrichten –
sie möblieren.

DAS EINFACHE

Einen einfachen Satz bilden,
einen einfachen Gedanken fassen –
das Einfache denken,
das Einfache glauben,
das Einfache
tun –
einen Brief an den Freund schreiben,
mit dem Nachbarn plaudern,
die Hecke schneiden,
spazierengehen,
sich freuen –
sich wundern.

WAGHALSIG

Das Leben
ist
eine Expedition.
Das Leben
ist
Tag für Tag
ein Abenteuer,
fremdartig und –
pedantisch.
Wer weiß, wer ahnt,
wie waghalsig
das Normale
ist.

VERBRENNE DEN SCHMERZ

Nimm deine Vergeßlichkeit und
hänge sie über
die alten Fotos und Meinungen.
Es ist gut.

Zertrümmere die Spiegel.
Es tut gut.

Verbrenne den Schmerz,
verbrenne
den Haß und die Hast und
die Gleichgültigkeit.

Suche fortan den Sonnentau,
befrage die Brandung,
das wilde Narzissenfeld.
Es ist besser
so.

VORLÄUFIG

Man kann Entscheidungen
treffen.
Man kann sie fällen.

Wind kommt auf.
Ich lege das Buch weg,
schließe die Türen.
Alles ist vorläufig.

STUNDEN UND TAGE

Stunden,
die man abhakt,
die man abwirft und vergißt,
Stunden
aber auch,
die man nicht los wird.

Tage, die flüchten,
Tage, die uns verfolgen.

Tage,
die man für immer mitschleppt,
hinter sich her zieht.
Tage
voll Trümmer und Asche –
Tage
aber auch,
die uns tragen,
unverlierbar,
Tage
aus Wasser, Tang und Möwenschrei,
Tage
aus wildem Frühlingssturm.

SIE TUT SICH SCHWER

Sie tut sich schwer.
Als ob
sie hinfällig ist und krank –
müde geworden
im Laufe der Zeit ...
Tief liegen die Augen.
Zu oft
wurde sie aus dem Schlaf gerissen.
Kaum noch
nimmt sie Notiz
von Wahlen, Revolten, Programmen und
schönen Erkärungen.
Ich spreche
von
der Gerechtigkeit.

MÜHSAMER WEG

Wenn
das Leben
sinnvoll
ist –
kann es nicht sinnlos enden.
Meine Vernunft sucht
Trost.

Kalt ist es.
Ich stapfe durch den hohen Schnee,
komme
nur
mühsam
voran.

WORTE

Worte,
die man sich herausnimmt –
abgetragene, abgegriffene,
heruntergekommene,
ausgeblutete
Worte –
Worte,
die man durch die Zähne zieht,
aufschlitzt, aufspießt,
Worte,
die man gegen den Wind hält,
gegen den Strich kämmt,
auf die Strecke jagt,
denen man
die politische Jacke herunterreißt –
Worte,
die man
zwischen neue Erfahrungen stellt.

EINEN SATZ SPRECHEN

Einen Satz sprechen —
mit ihm
durch Wälder wandern.

Sätze als Spieß, als Netz,
als Gefahr —
als Möglichkeit.

Einen Satz sprechen —
mit ihm
über den Bach springen.

Sätze hinnehmen.
Sie verwerfen, sie verkennen.
Sätze ändern.

Einen Satz sprechen —
mit ihm
durch Wälder wandern.

WENN WORTE ZURÜCKLAUFEN

Wenn Worte zurücklaufen,
weit zurück,
mit Sommersprossen und Sandalen –

wenn Worte
Bucheckern kauen,
hüpfen und springen –

wenn Worte
mit Maikäfern spielen,
kriechen und klettern –

wenn Worte zurücklaufen,
weit zurück,
heimwehdurchnäßt –

ILLUSIONEN

Aus
Illusionen
kann man gerissen werden.
Illusionen
können geraubt werden.
Illusionen
kann man verlieren.
Man kann sie sich machen,
kann sich ihnen
hingeben.
Illusionen sind Traumschwestern –
Töchter
des Trostes, der Hoffnung –
Geliebte des Wunsches.
Niemand kennt ihre Vornamen.
Illusionen
können
schön
sein.
Mann kann mit ihnen leben.
Man kann ohne sie leben.
Kann
man
ohne
sie
leben?

DIE DOPPELTE MÄR

Das Weltall ist
unbegrenzt und gekrümmt.
Unaufhaltsam
dehnt es sich aus.
Die Erde
rast durch den ratlosen Raum.
Das Weltall ist
endlich.

Und
die Menschen
leben und schreiben
gegen
die Angst.
Sie stellen Schilder auf und
Iltisfallen.
Sie schreien und flüstern und
wissen nicht
warum.

DIE ERDE TAUMELT

Die Erde taumelt
durch
Zeit und Raum.
Zeit und Raum –
was ist das?

Die Lerche singt.
Meine Gedanken
schlendern
über die Abendfelder.

VERWANDLUNG UND ABSCHIED

Der Abend
verwandelt sich in Nacht,
nimmt Abschied.
Nimmt er Abschied?
Auch der Sommer
wird bald Abschied nehmen.
Abschied?
Der nächste Sommer wird anders sein.
Der nächste Tag
schon
wird ein ganz anderer sein.
Gedanken und Gefühle
schrumpfen, wachsen oder –
verfärben sich.
Hoffnungen wandern.

Abschiednehmen –
kann man es lernen,
begreifen?
Was ist Abschied?
Dunkel ist es geworden,
dunkel der Sinn der Verwandlung.
Gedankengeflüster –
undeutlich.
Nachtfalter verbrennen den Irrtum.
Unruhig, ungeduldig
flackert das Windlicht und –
verlöscht.
Maßlos die Einsamkeiten.

WAS IST ES DENN?

Was ist es denn?
Wir bauen
Kirchen, Kinos und Kasernen,
bauen
Schulen und Schiffe.
Wir pilgern durch
Geschäfte und Wälder.
Was ist es denn?
Wir nehmen Pillen und
lutschen Bonbons,
kaufen Skier, Krawatten und
Sonnenbrillen.
Wir erinnern uns und – vergessen.
Was ist es denn?

KURZE STRECKE

Manchmal
gehe ich von mir fort,
lasse mich
irgendwo
zurück.
Manchmal
reiße ich vor mir aus.
Doch –
ich komme nicht weit!

GEWÖHNUNG

Jeden Tag
kommt man daran vorbei –
man achtet darauf, schaut hin.
Man vergewissert sich,
ob der Buchfink kommt,
man gewöhnt sich
an den Gemüsewagen, den Bus,
an das Morgenmagazin,
an Ausreden.
Man macht
dieselben Griffe und Gesten,
dieselben Wege und
Umwege.
Man hat Übung.
Man gewöhnt sich an
das Ungewohnte,
das Ungewöhnliche –
das Außergewöhnliche.

Man gewöhnt sich an
das Gewohnte.

AUSLIEFERUNG

Wir sind ausgeliefert –
wir sind
dem Sturm, der Flut, der Furcht,
der Schuld
hemmungslos ausgeliefert.
Hemmungslos ausgeliefert
sind wir
unserer Gesundheit.
Wir können
kämpfen.
Tapfer.
Wir können uns sträuben –
unerbittlich
werden wir an den Strand gespült,
in den Strudel gerissen,
in die Tiefe gezogen.
Unwiderstehlich.
Wir sind ausgeliefert.

GEWISSE GEDANKEN

Gewisse Gedanken
sind
Bazillenträger.
Sie sind krank.
Ihr Blutbild
stimmt
nicht.
Gewisse Gedanken
haben Fieber.
Nicht immer kann man es fühlen.
Man kann sich anstecken.

ICH WILL NICHTS

Dämmerung
hat die letzte Amsel geholt.
Es riecht nach
frisch gemähtem Gras.
Stille
zieht ein.
Gedanken ohne Sprechblasen.
Nichts geschieht.
Ich warte auf nichts.
Ich will nichts.

SPIELRAUM

Wir
wandern und wandern und wandern
und –
nirgends
kommen wir an.
Wir
widersetzen uns und
geben uns hin,
kaufen Bücher und Bier.
Wir dürfen
auf dem Zaun sitzen oder
mitspielen.
Unser Spielraum
ist
gering.

NIE ENDET DER WEG

Der Weg,
den wir gehen,
den wir zu gehen meinen,
den wir zu nehmen, zu beschreiten,
einzuschlagen
meinen –
der Weg,
den wir uns vorgenommen haben,
den wir uns vornehmen,
ist
unaufhaltsam,
unangreifbar –
unabsehbar.
Er fängt nicht an,
wenn
er anfängt –
er endet nicht,
wenn
er endet.

HEIMAT

Heimat
oder –
die Entfernung zur Vergangenheit
nimmt
ab.

Da sind sie wieder,
die kecken Dohlen der Kindheit!
Da!
Das Rostocker Tor,
das Malchiner Tor mit dem Hornissennest!
Was machen
Kilometer und Jahre?
Enge sentimentale Gassen
mit fremden Türen!
Der Hechtbrunnen lächelt verlegen.
Unverwundbar
und
ohnmächtig
die Burgwallinsel.
Die Uferworte sind abgeholt,
Ängste und wildes Gelächter
längst überwachsen.

Heimat
oder –
die Entfernung zur Zukunft
nimmt
zu.

DAS GROTESKE

Das Leben ist grotesk.
Nicht nur
Wasseramsel und Herbstzeitlose,
nicht nur
die Masseure, die Manager,
die Mietvorschriften
sind grotesk.
Grotesk sind
die Platanen,
Dörfer und Städte,
Autobahnen.
Grotesk sind
Tennisplätze
und
Rathäuser.

Das Selbstverständliche
selbst
ist
unentrinnbar
grotesk.

SICH VERHEDDERN

In den Dünen liegen.
Sanddornschatten.
Sich räkeln
in
Emsigkeit.
Erinnerungen graben,
in
Plänen, Hoffnungen, Enttäuschungen
buddeln.
Sich verheddern.

LUFTSCHLOSS

Ein Luftschloß bauen.
Die Sache ernstnehmen –
Einzelheiten
mit dem Architekten besprechen.
Großzügig
die Außenanlagen planen,
Versicherungen abschließen.
Bauüberwachung.
Den Möbelwagen bestellen.

Einziehen! Einziehen!

GLAUBENSNESTER

Sie sitzen geborgen
in ihren Glaubensnestern.
Sie nisten
unter dem Dach,
sturmsicher und
sicher vor Katzen.
Das Leben ist gut so.
Der Tod
noch
hat weiche Flügel.

NICHTS

Nichts –
nothing – rien – nihil –
Das Nichts
als Ungeheuer.
Das maßlose schwarze verschlingende Loch.
Ins Nichts fallen.
Abstürzen.
Nicht sein –
nichts sein.
Wolkenlos, sprachlos.
Nichts wollen.
Nichts
mehr
wollen.
NICHTS.

UNGEREIMT

Man hütet ein, man geht aus,
man reißt aus –
man sammelt und sucht.
Staudenschneiden,
Zahnarzt, Telefon und Schreibmaschine,
Patience –
PITT UND FOX.

Samstag/Sonntag/Samstag/Sonntag –
die Erde schwitzt und friert.

Man nimmt wahr,
man vergißt,
man eilt und zaudert.
Einkaufen,
Dusche, Altbier mit Skat,
Spätnachrichten –
HARZREISE IM WINTER.

Es klebt und klemmt und
reimt sich nicht.

EPISODE

Wolken ziehen vorüber.
Ein Falter torkelt und
stürzt.
Eifrig
baut das Rotkehlchen am Nest.
Stunden laufen aus –
Jahrzehnte verenden.
Es gibt im Leben
kürzere und längere Episoden.
Das ist es –
ist es das?
Auch
unser Leben
ist
nur
Episode.
Wir können die Summe nicht ziehen.
Wolken ziehen vorüber und – –
lösen sich auf.

UMZINGELUNGEN

Umzingelungen
sind schwer zu erkennen,
Umzingelungen
sind tödlich.
Wir
alle
sind
umzingelt.

SONNTAGNACHMITTAG

Sonntagnachmittag.
Unersättlich
schleppen Wolken den Regen.
Krokusse ertrinken.
Lustlos
hängen im Efeu
durchnäßte Gedanken.
Ich bin müde, ohne
müde zu sein.

Sonntagnachmittag.
Ich lese, ohne
zu lesen.
Schlagzeilen turnen.
Albern.
Ich greife die fetten Phrasen,
zerdrücke sie
im Aschenbecher.
Es macht mir Spaß.

AUSLÖSENDE WORTE

Worte,
die Einfälle auslösen –
Zündschnurworte,
Worte mit Sprengkraft.
Worte voller Ideen,
schwangere Worte.
Worte,
die Gedanken zeugen,
stutzig machen.

SICH HERAUSHOLEN

Es sich nicht leicht machen –
den Absprung wagen,
die Morgendämmerung.
Sich der Steilküste aussetzen,
dem Aufschrei.
Die schwierige Lust
am schwitzenden Wort.
Sich herausholen –
Stunde um Stunde.
Siegen und verlieren
können.

SONDERBAR BLANKES GEFÜHL

Sonderbar blankes Gefühl,
wenn einem
nichts
einfällt.
Man rutscht auf kleinen Gedanken
hin und her –
schlendert
durch Leere.

MANGELERSCHEINUNG

Vormittags im Gerichtssaal.
Kein Fall glich dem anderen.
Es war
traurig, peinlich, interessant,
komisch und tragisch,
tragikomisch.
Man behauptete und bestritt.
Es wurde
gelogen, gelacht, geschworen, gestanden.
Es wurde
vorgekaut und nachgeschlagen,
angeklagt und
verteidigt.
Urteile
wurden gefällt und revidiert
nach geltendem Recht.
Doch –
Gerechtigkeit?
Wo war sie?

WENN MAN SICH NICHTS VORMACHT

Wenn
man sich
nichts
vormacht –
wenn
man zaudert und gräbt,
wenn
man zuschüttet und schweigt –
wenn
man in die Wolken schaut,
durch die Wälder geht,
im Grase liegt –
wenn
man scherzt und spielt und
lacht und lächelt –
wenn
man zerreißt, radiert und
verbrennt –
wenn
man die Konsequenz zieht,
sich bemüht und bequemt –
wenn
man still die lustigen Spatzen
an der Vogeltränke beobachtet –
wenn
man sich durch den schmalen Gang
nach vorne
zwängt –
wenn
man sich durchsetzt oder nachgibt –

wenn
man sich
nichts
vormacht –
wenn
man sich
NICHTS MEHR
vormacht.

ZECHEN UND ZELTEN

Ich zeche
mit Worten, mit Gedankenstrichen und
Fragezeichen.
Saufe Grammatik.
Lange Sätze ziehen mich
ins Heu.
Ich zelte unter Gedanken.
Aphorismen hocken auf Disteln.
Sprachlos
der schiefe Mond.

LÄSSIG

Lässig
die Mücken verscheuchen,
den Stuhl zurechtrücken.
Rechtfertigungen
im Rösselsprung.
Auf Ausreden hocken.

DAS HALBDUNKEL

Dämmerung lockt.
Es ist das Halbdunkel,
was anzieht,
das Ungewisse, das Unbestimmbare.
Der enge Pfad
durch tiefhängendes Laub,
von dem man nicht weiß,
wohin
er führt und
wo
er endet.
Unheimlich
der Ruf der Eule
aus den dunklen Erinnerungen des Tals,
das seltsame Spiel der Schatten
zwischen Wacholdern –
das Halbdunkel
zwischen den Hoffnungen,
das lockt und
sich entzieht.

DAMALS

Damals –
als wir philosophierten
unter Schmetterlingswolken.
Damals –
hinter Hecken, die wir erfanden,
als uns die Bäume noch
schützten.
Damals –
als wir noch nichts wußten und
doch alles.
Damals –
vor vielen Jahren,
als wir mit den Kranichen zogen
und
Worte noch leuchteten.

KÄMPFEN

Endlich
gibt der Winter auf.
Er hat gut gekämpft.
Kämpfer muß man sein.
Gelegenheiten köpfen,
sich vergeuden,
verbluten.
Unerschrocken
im Gestrüpp der Worte,
unerschrocken
gegen
Aufdringlichkeiten und Zumutungen
des Tages.
Immer wieder
auch
muß man sterben können.

DIENSTAG ODER MITTWOCH

Der Tag zieht sich hin
über Einbahnstraßen und
Fußgängerzonen.
Dienstag oder Mittwoch.
Rolltreppenimbiß.
Zäh
palavern die Stunden.
Dieser strotzende, humpelnde Tag.

Wind nimmt sich auf.
Ich greife
nach
der Unbekümmertheit,
der wilden Gleichgültigkeit
eines Möwenschwarms.

RATLOS

Ratlosigkeit der Winde,
der Wahrheit.
Wolkenfelder warten ab.
Unschlüssig
kreisen Kiebitzpaare
über den Kohlfeldern.
Die Vernunft
wächst
nicht.
Unvernünftige Wahrheit.
Ratlos
gehe ich den Weg
wieder
zurück.

SILVESTER

Die Jahreswende,
Bilanz ohne Abschluß –
die Jahreswende
als Trauma, als Traum.
Soll und Haben,
Können und Wollen –

Silvester
mit Karpfen blau,
zerlassener Butter und
Meerrettich gerieben,
die Zeremonie mit Kopf und Gräten –

Silvester
per Gong
in der Mitte von Scherz
mit Champagner, mit Freunden und
Melancholie –

Die Jahreswende
mit Rücklagen und Wertberichtigung –
die Jahreswende
als Mahnung, als Ahnung.
Haben und Soll,
Wollen und Können –

WAS WAR WAS BLEIBT

Einen Stammbaum pflanzen,
ihn begießen –
der vertikale Spaß.
Die listige Geschlechterfolge,
eine Rechnung,
die nie, die immer
aufgeht.
Namen aus Gegenwart und
Vergangenheit –
LEMBCKE – BANDOW – EHLERT – HAHN –
GILLHOFF – STEUSLOFF – DÖSCHER – MAU – BUSCH –
OLDACH – BUSSACKERS – PFLUGHAUPT – PINGEL –
geliebt, gelitten, gebetet, gelacht und
geweint –
Obotritenspuren,
die vielen mecklenburgischen Sommer und
Winter,
langsame Orte
mit Pferd und Wagen, fern
von der Welt,
versteckt zwischen
Wäldern, Wiesen und stillen Seen –
bis hin
zum Dreißigjährigen Krieg –
SPORNITZ – LANCKEN – DAMM – MÖDERITZ –
GARWITZ – LOOSEN – KLADRUM – DÜTSCHOW –
MALCHOW – PASSOW – BIBOW –
Würde und Bedeutungslosigkeit
der Kirchenbücher –
ausgelagert vor Jahren und sorgsam
gehütet
im Ratzeburger Dom.
Den Stammbaum zurückpflanzen
bis

tief ins slawische Plusquamperfekt.
Vorfahren und Jahreszahlen
aneinanderreihen.
Die endlose Schar
der Mädchen, Frauen und Mütter,
die geheimnisvolle Kette –
die Braven und
die Verschwenderischen.
WILHELMINE – CHRISTINE – FRIDERICE – SOPHIE –
CATRIN – HEDWIG – ANNA – ENGEL MARIE –
OLGA – JESABE –
der rote Faden
zwischen
Sorge und Pflicht –
geboren – getauft – konfirmiert – kopuliert –
gestorben – beerdigt –
korrekt und zuverlässig
die Eintragungen.
Die Galerie der Ahnen,
die Verzweigungen, die Verästelungen,
die seltsamen Gabelungen –
das Zusammenfließen.
Die Rolle des Zufalls, der Leidenschaft,
die Zähigkeit.
Die Ururgroßväter hervorkramen,
entstauben.
Stattliche Burschen, harte Kerle,
von Rheumatismus geplagte Alte.
SCHULMEISTER – SCHULZE – BAUERN –
LANDWIRTE – SCHÄFER – KUHHIRTEN – MUSKETIERE –
Sich bekennen,
sich wiedererkennen, sich spiegeln.
Der tote Winkel.
Vergangenheit als
Gegenwart und Zukunft.
An vergilbten Bildern und Fotos kratzen.

Namen,
die wenig preisgeben.
Chromosomenspiele,
das diebische Vergnügen.
Gegenwart
neu
entdecken,
Unordnung schaffen.
Bis
in die Zukunft –
Was sind 300 Jahre –
was ist ein Leben?
Die Summe ziehen,
diagonal denken,
nachdenken darüber,
was war,
was bleibt und –
was kommt.

SELTSAME GESELLSCHAFT

Sie trugen Verse vor.
Prall und andächtig
die Runde.
Sie feierten
unter
einer alten melancholischen Weide.
Nach Fröschen roch es und
nach üppigem Gras.
Man amüsierte sich köstlich.
Es war eine seltsame Gesellschaft.

ELSE LASKER-SCHÜLER ·
MASCHA KALEKO ·
VILLON · VERLAINE · RIMBAUD ·
BAUDELAIRE ·
BYRON · SWINBURNE · BELLMANN ·
DYLAN THOMAS ·
RINGELNATZ · DAUTHENDEY ·
LENAU ·
KLABUND ·

Sie sangen Sehnsucht und
kauten die Zeilen.
Poeten.
Vaganten.
Sie waren längst tot
– – doch das störte sie nicht – –
und
soffen noch immer
wilde Ideen.
Es war eine seltsame Gesellschaft.

IN MEMORIAM FRIEDRICH GRIESE

Nachdenken über
das Einfache,
Elementare.
Zu alten Landschaften zurückkehren,
zu abgelegenen Höfen.

Nachdenken über
Mecklenburg, Heimat und –
Vergeßlichkeit.
Erde fühlen,
das Notwendige tun.

Nachdenken über
Friedrich Griese.
Schwerblütige, langsame Sätze.
Einsteigen in
die Finsternisse des Schicksals.

LISTE DER VERZWEIFLUNG

HEINRICH VON KLEIST –
FERDINAND RAIMUND – ADALBERT STIFTER –
GEORG TRAKL –
KURT TUCHOLSKY – ERNST TOLLER –
WALTER HASENCLEVER –
STEFAN ZWEIG – FRANZ WERFEL – CARL EINSTEIN –
HANS FALLADA – KLAUS MANN –
ALFRED WOLKENSTEIN – JOSEF WEINHEBER –
HERTHA KRÄFTNER –
PAUL CELAN – JEAN AMERY – THADDÄUS TROLL

Dies ist eine beklemmende Liste
der Verfolgung, der Versuchung,
des Schmerzes –
des Versäumnisses.
Dies ist eine erbarmungslose Liste
von
Schuld, Sehnsucht und
Verlassenheit.
Sie alle
gaben vorzeitig auf –
wählten den Freitod.
Dies ist ein Dokument,
ein unvollständiges Dokument
deutscher
Verzweiflung.

II

NIEDERRHEIN (I)

Ein kleiner Teich
mit plattdeutschen Enten –
alte Erlen,
mit denen man sprechen kann –
weites flaches Land,
auf das man sich einlassen kann –
Niederrhein.
Hier
schreibt man die Jahreszeiten
langsam und groß.
Der Graureiher fühlt sich noch wohl.

Abends
streife ich sterbend
durch Felder, Wiesen und Koppeln.
Manchmal
auch
nehmen die Möwen mich mit.

MIT DER EBENE LEBEN

Krähenschwärme
dicht hinter dem Pflug.
Wiesenschlaf.
Mit der Ebene leben.
Ebene,
die umarmt und freigibt.
Pappeln sprechen vom Mai.
Nirgends
ein Haus oder ein Kilometerstein.
Niederrhein.
Der Sperber jagt.
Ich kenne ihn gut.
Sein Blut ist
meins.
Meine Gedanken schwingen.

Mit der Ebene leben.

ALLEIN MIT DEM BUSSARD

Allein
mit der Weite,
allein
mit dem Bussard.
Einzelkämpfer.
Anmarsch der Aphorismen.

MÄRZ

Der März
geht noch
mit Mantel und Wollschal
über die nassen Felder.
Wolkenvorfrühlingsmanöver.
Undeutlich
die Stimme der Pappeln.
Ein Kiebitz
auf einem Koppelpfahl
wartet.
Einzeln
tummeln sich Kaninchen
in meiner Ungeduld.

AN SO EINEM TAG

An so einem Tag —
maigrün und kobaltblau,
an so einem Tag —
mit Hummeln und Heuschrecken,
an so einem Tag —
ohne Fettnäpfchen, ohne Finten und
Floskeln,
an so einem Tag
im Grase liegen
lässig und —
intensiv.

APRIL – UND DAS NORMALE

Aprilwetter im April.
Spatzengestöber.
Naßkalt
die Fantasie.
Warten auf Worte
aus Sonne.
Birken halten sich noch zurück.
Emsig
der Zaunkönig am Nest.
Unentwegte wandern.
Optimisten
sind optimistisch.
Es wird geliebt und gehaßt.
Nichts ist außergewöhnlich.
Alles
ist normal.
Was ist
normal?
Normal – –
was ist das?

FRÜHLING

Der Frühling kommt
mit Lerchen und Staren.
Bote
ohne Botschaft.
Er streut Blüten und Bienen und
scherzt mit Schmetterlingen.
Er winkt –
Schelm und
hellgrüner Verschwender.
Hecken und Wiesen
spielen Romantik.
Selbst
der Wind entlang der Niers
ist voller Charme.

DIE BIRKEN SCHWEIGEN

Es dämmert,
die Birken schweigen –
noch immer
flüstert die Amsel.
So
müßte
es
sein.
Leben und Tod.
So
müßte
es
sein.
Ich ertrinke langsam im Wolkenmeer.
Unaufhaltsam.

DER MORGEN

Der Morgen
steigt aus tief atmenden Feldern.
Junghasen raufen sich.
Hellblau
schon
die Sehnsucht der ersten Lerchen.
Ich
kann
mich
gut
verstehen.

WAS

Was wissen
die jungen Hasen schon,
was wissen
die Libellen am Bach?
Wie schön,
wie abenteuerlich,
daß wir alles wissen und —
nichts.

DIE ERDE DAMPFT

Die Erde dampft,
kniehoch die grüne Gerste.
Wandern
mit dem Lerchenchor.
Feucht und warm
die Gedanken.
Apfelblütenlust.
Ein Ahnen
weht über das weite Land.
Zwei Sperber
stoßen
in die Erregung
eines Sperlingsschwarms.
Sich freikämpfen und
ausliefern.
Kniehoch die grüne Gerste,
die Erde dampft.

STUNDE DER AMSEL

Es ist still geworden.
Der Abend ruht.
Schweigsam
Bäume und Wind.
Stunde der Amsel.

Sie meditiert.

UNBESTECHLICHKEIT

Hinausgehen
in die Unbestechlichkeit der Ebene.
Hinaus
in die Unabhängigkeit
erfahrener Eichen –
hinaus
in die Tapferkeit der Reiherschlucht –
hinaus
in den Angstschrei
des fliehenden Fasans –
hinaus
in die Einsamkeit des Schäfers.

Hinausgehen
in die Unbestechlichkeit der Ebene.
Nachdenklichkeit
überprüfen
am frischen Farn und Moos.

Hinausgehen und –
zurückkommen.

PRIVATE FAHNE

Abenteuerlich
der Jasmin.
Chopin-Etüden.
Zwischen Wacholder und Birken
die Revierkämpfe der Drosseln.
Stare fallen ein
in kleinen Trupps.
Soziale Lust.
Zuschauen.

Ich hisse meine private Fahne.

VERLÄSSLICH

Ohne Furcht
ist der Ruf des Pirols.
Verläßlich
der kleine Bach zwischen
Pappeln, Korbweiden und –
Ewigkeit.
Verläßlich
der Wind,
der über den Feldern stirbt und
wieder aufersteht –
verläßlich
der Kontrollflug des Bussards.
Düsternis zieht herauf.
Ich weiß –
ich kann mich verlassen.

LÄCHELN

Zärtlichkeiten.
Lächelnd
der Wind heute
im sonnigen Schilf.
Und
mit ihm lächeln
der Libellenpfad,
die Wiesen, der Waldesrand.
Sie lächeln, lächeln und –
verraten
nichts.

DU WIRST SEHEN

Heraus
aus den klimatisierten Absprachen!
Hinaus
in das weite flache Land,
das nie aufhört.
Frei sein
im Wolkenspaß –
Roggenstaub auf der Stirn.
Frei sein
am Eidechsenfels.

Du wirst sehen,
wie sich der Bogen schließt.

ZARTGRÜN DIE GRÜSSE

Zartgrün die Grüße
junger Buchen
im Mai.
Die Sonne streichelt den Farn.
Schlüsselblumengeflüster.
Unbändig die Lust
der Waldlaubsänger.
Mit Eichendorff wandern.
Glücklich sein
mit Hölty und Löns.

VETTER DES HERBSTES

Ich schreibe
auf einen gelben Umschlag das Wort
FRÜHLING.
Schenk es den jungen Staren.
Frühling,
Gefährte von
Wordsworth, Shelley und Keats –
Vetter des Herbstes.
Was ist Vergänglichkeit?
Die Zeit
verstreicht.
Schlanke Birken kommen auf mich zu,
Lerchen steigen.
Ich habe keine Zeit,
doch –
ich nehme sie mir.

SIEH AUF DAS SCHLAFENDE SCHILF

Sieh auf
das schlafende Schilf –
achte auf
den Reiherstolz –
achte auf
die Trauer der Trauerweide.

Höre auf
die leisen Worte der Wellen –
lausche
dem Gebet der Abendmöwen –
lausche
den feuchtdunklen Stimmen aus
Sehnsucht und Angst.

Verlaß dich nicht auf dich.

NERV DES TAGES

An
den Nerv des Tages kommen.
Eindringen in
die Weisheit alter Buchen.
Spurenfieber.
Den Wind herauslocken,
Sätze
weit
ins Kornfeld schleudern.
Immer wieder
hinabstoßen
mit dem Turmfalken.
Waghalsig
die Wolken packen,
herunterholen.
Kein Tag ist verloren, wenn
man ihn packt.
Vibrieren.
Eindringen in
Glück und Trauer
eines verwundeten Rebhuhns.
An
den Nerv des Tages kommen.

FRÜHMORGENS

Frühmorgens,
wenn noch nicht die Hähne kräh'n,
frühmorgens
im Sommer
am Ufer der Nette
Korbweiden und Pappeln und
Hasen
ein frisches Wort!
Die Luft riecht nach
Kuh und Frosch.
Jahrhundertschlaf
unter feuchtem Heu.
Tauträume.
Gräben ziehen Erinnerungen.
Frühmorgens
im Sommer
mit Dauthendey,
frühfrühmorgens,
wenn der Tag noch brodelt.

WOHIN

Heiß
weht die Mittagsstunde über
das reife flache Land.
Meine Fantasie
steigt mit dem Mauersegler.
Jahre, Jahrzehnte
versengen.
Verstaubt
die alten Versäumnisse und
Versprechungen.
Wespen im Rausch,
der Sommer ist kurz –
ich weiß.
Meine Gedanken
wandern –
suchen und wandern.
Wohin
wandere ICH –
wohin
wandern WIR?

UNVERÄNDERT

Unverändert
die Insel, der Strand und
das Meer.

Unverändert
die Dünenschwalben,
das alte Hummelnest.

Unverändert
zehn Jahre
im Pavillon der Erinnerung.

Unverändert
die kleinen Kinder
mit Schaufel und Spaten.

Unverändert
ist alles,
doch –
alles ist anders.

KITSCHIG

Kitschig,
goldrot und lila verschmiert
die Abendwolken.
Banal
der glutrote Ball, plump und
viel zu groß
zwischen den Zweigen hängend.
Es gibt
kitschige Lügen und –
kitschige Wahrheiten.
Das Leben selbst
ist
kitschig –
mitunter.

SPÄT

Mauersegler metzeln
tollkühn den Abend.
Wolken drohen.
Spät der Sommer,
spät die Winde vom Meer,
spät die Stunde –
die nachdenkliche Stunde.
Es wird Zeit.
Immer
wird es Zeit . . .
Zeit ist es, spät ist es –
spät.

LEIDENSCHAFTLICHER ABEND

Leidenschaftlicher Abend.
Mücken tanzen Tapferkeit und
Tod.
Aus dem Waldteich
steigt Fäulnis.
Die letzten alten Eschen halten zusammen.
Ich verstehe —
ich entsinne mich.

HASEN DUCKEN SICH

Hasen ducken sich.
Gewitterdunst.
Wolkenfelder
legen sich dicht über
den Niederrhein.
Tief toben die Schwalben.
Der Roggen todmüde vor dem Schnitt.
Stunden
ohne Sonne, ohne Habicht,
ohne Wind.
Langsam
arbeiten die Gedanken.
Worte trocknen aus.
Warten auf
den kühlen Abend –
Warten auf
Chopin.

SPÄTJULIABENDS

Zeit des Marders, Zeit des Igels,
Zeit der Waldohreule.
Spätjuliabends –
bei Windlicht und Freunden
ein paar Gläser
Gelassenheit.

TAGESORDNUNG

Ein Tag
zieht sich gemächlich zusammen.
Amseln auf Regenwurmjagd.
Ein Tag
mit seiner Ordnung.
Ein Tag
mit seinem Ritus,
mit seiner Andacht.
Zufälliges nimmt der Abendwind mit.
Stundenablauf
mit Pflichten, Trost und
Trott.
Noch
ist ein Brief zu schreiben.
Ein Tag
mit seiner Tagesordnung.

FERIEN

Heraus
aus dem Alltagstunnel!
Im Wildbach
die Adresse zerstreuen!
Durch Täler schlendern –
aufgekrempelt
die Gedanken.
Mit ungekämmten Worten spielen.
Die Kunst der Wasseramsel
studieren.
Sich entdecken
im Schachtelhalm.

NICHTS SCHMERZT

Es schmeckt nach
Torf und dumpfen Wiesen.
Der Wind schiebt warme Luft.
Froschlust und
Heckenfrieden.
Zeitlos.
Nichts schmerzt.
Fast
kann ich mich erreichen.

NUN

Worte
laufen durch das nasse Gras,
halbe Sätze
treiben
gegen die Nacht.

Vor vielen Jahren
holte ich mir den Mond.
Damals.
Ich war die Hornisse im Baumstamm.

Nun
will ich
die Sprache der Lärchen lernen –
will
mit dem Habicht kreisen.

WORTKARG DER TAG

Wortkarg der Tag.
Sommersprossig.
Die Vögel schweigen, und
die Gärten schlafen.
Davongezogen
die Winde.
Schattendurst.
Nur
der Eichelhäher randaliert.

MEINUNGSÄNDERUNG

Landregen seit Tagen.
Nun
aber
hetzen kleine Wolken die Sonne.
Kornfelder im Rausch.
Weit
reicht der Blick,
ohne zu sterben.
Meine Fantasie ist frei.
Ich habe meine Meinung geändert.

MAUERSEGLER

Artisten der Jagd.
Sie wetteifern,
träumen und sterben
im Flug.
Mauersegler
lieben den Stolz der Türme,
lassen sich
niemals
herab.
Sie kommen für
nur
neunzig Tage im Jahr.
Unheimlich
die Leidenschaftlichkeit
bis tief in die Nacht.
Unheimlich
die Glut der Präzision.

ANNÄHERUNG

Der Abend
kommt auf mich zu,
kommt
von den Kohlfeldern her,
steigt aus
feuchten Wiesen und Weiden.
Barfuß,
ohne ein Wort.

Der Abend
kommt auf mich zu —
unerreichbar
nah.

FRIST

Die Frist,
die wir haben –
die uns bleibt.

Das Schilf um den kleinen See
ist müde geworden.
Wieder naht Herbst.
Libellen tanzen Vergänglichkeit,
die Froschuhr tickt.
Der Herbst kann schön sein und
melancholisch.
Lenau lebt.
Doch
befrage ihn nicht.
Ich weiß – das Schilf
wird kämpfen müssen.
Das schwappende Boot und der Steg
sind längst brüchig.
Drohend
das moorige Ufer
mit den dunklen Fragen.

Die Frist,
die wir haben –
die wir nicht kennen.

DER DUNKLE SEE

Dunkel ruht der See
am Erlenbruch.
Uferwildnis, Froschschlamm und
Wurzelhexen.
Schwarzgrün wuchernd die Stille.
Zügellos.
Hier siedeln noch Reiher.
Der Eisvogel feiert.
Dunkel ruht der See.
Er lockt und lauert und –
schweigt.

ZUSCHAUEN

Eine Schwanzmeise –
nichts
als
eine Schwanzmeise.
Sonne, Wind und Birkenseligkeit –
Spaß und Spiel.

Eine Schwanzmeise –
nichts
als
eine Schwanzmeise.
Ich schaue zu.
Ich werde immer auf sie warten.

DIE WINDSTILLE TRÜGT

Der Fluß fließt träge.
Abwesend
der Himmel, das warme Tal.
Kein Blatt rührt sich.
Kein Vogellaut,
kein Iltis.
Nichts spielt sich ab.
Unpolitisch die satten Wiesen.
Doch
die Windstille trügt.

Wortlos,
schwer in die Pedalen tretend,
radelt ein Postbote vorbei
in ein Dorf, das –
nicht existiert.

VORHERBST AM NIEDERRHEIN

Einsam hoch oben
ziehen zwei Kraniche
südwärts.
Im Training die Schwalben
mit der zweiten Brut.
Stare formieren sich
zu kühnen Verbänden.
Die Mauersegler sind bereits fort.
Kurz vor dem Schnitt steht der Weizen.
Noch
halten die Pappeln ihr Grün.
Noch
ist Schonzeit.
Wer
jetzt
langsam
über die Felder geht,
zieht Gedanken
hinter sich her.

ES IST KÜHL

Wolken und Winde
ziehen
vorbei.
Die Kreise des Bussards
werden kleiner.
Albern wälzt sich die Autobahn.
Morgen
werden die Nachbarn verreisen.
Ob
der Briefträger noch kommt?
Es ist kühl.
Kühl ist es.
Ich reiße mich zusammen.

SEPTEMBERTAG

Sattblau der Himmel
mit weißen Fahnen.
Ein Tag,
der sich einbrennt,
ein Tag,
der Zukunft hißt.
Die Luft schmeckt nach
Kartoffelkraut.
Erinnerungen toben.
Frei sein.
Verwegen.
Sperberlust.
Sattblau der Himmel
mit wilden weißen Fahnen.

NIEDERRHEIN (II)

Ebene,
die sich preisgibt.
Landschaft
mit Brombeerhecken und
Fasanenherz.
Weiden und Wiesen.
Nur
eine Bachstelze
auf dem Koppelzaun.
Wir beide verstehen uns.
Nebelatem.
Minutenlang bleibe ich stehen –
schau
in das weite Land.

SEPTEMBERREGEN

Der Regen
redet und redet
seit Stunden.
Er wiederholt monoton
die alten Geschichten.
Meine Fantasie
ist durchnäßt,
mein Gedächtnis friert.
Und
der Regen
redet und redet.
Enttäuscht
werfe ich
meine kleinen Meinungen
in eine langweilige Pfütze.

HERBSTMENSCHEN

Menschen,
die den Herbst lieben —
das späte Glühen und
die Melancholie.
Den Herbst —
in der Mitte
zwischen
Sommer und Winter,
in der Mitte
zwischen
Frühling und Frühling.
Ernte und Saat.
Herbst
als Brennpunkt.
Menschen,
die den Herbst lieben —
sein Aufbäumen und seine Hingabe,
seinen prallen Widerspruch.

ERKENNUNGSSCHWIERIGKEIT

Der Ostwind
brüllt.
Er wirft die Krähen umher.
Zäh
fließt Regen durch
Jugendspäße und Resignation.
Alles verschmiert.
Ich
kann mich kaum noch
erkennen.

HERBSTLICH

Unter blaurotem Asternvolk
zechen die Salamander.
Es ist die Zeit
der Nebelwiesen und
der langen Briefe.
Die Gedanken werden schwerer,
hängen durch
im wilden Wein.
Laßt uns
davonziehen mit
den wilden Gänsen –
laßt uns
den Tod bepflanzen
mit Sonnenblumen und
üppigen Dahlien.

Dunkel
der Gesang endloser Kohlfelder.
Die Fantasie ist feucht.
Was
denn
wissen wir
schon . . . .

DIE ALTE WEIDE

Die alte Weide
am Hang
schaut weit ins Land.
Die mächtige alte Weide
schüttelt bisweilen den Kopf.
Kämpfer
mit vielen Narben –
Freund der Sterne,
Freund und Kumpel der Stare.
Die knorrige, krumme alte Weide
erzählt gern –
erzählt immer noch gern
aus alter Zeit.
Doch
sie tut sich schwer.
Nur
die Stare
bisweilen
hören noch zu.
Jetzt geht es ums Alter,
ums Überleben.
Sie will nicht
mühselig
sterben –
absterben.
Will auch den Tod nicht überlisten.
Sie will
eines Tages
mit Würde – –
zusammenbrechen.

DER OKTOBER ALS PHILOSOPH

Der Oktober
ist
ein Philosoph.
So
die Gelassenheit seiner Felder –
so
die Nachdenklichkeit
seiner Wälder –
so auch
sein nobles Lächeln.
Alle Stürme gehören ihm.
Es geht
um
Vergänglichkeit,
um
Wandel und Dauer.
Was ist Existenz?
Der Oktober
ist
ein Philosoph im Rollkragenpullover.

NIEDERRHEINHERBST

Der Herbst ist heimisch
am Niederrhein.
Kommt einher
mit dem Nebellied,
mit feuchten Wiesen und Westnordwest.
Der Niederrheinherbst
ist rabiat
wie das Krähenvolk,
das über die Äcker streicht.
Er lungert umher und
schlägt sich durch.
Er richtet sich ein auf das ebene Land,
auf Hoffnung und Vergeblichkeit.
Nachts
streift er mit dem Steinkauz
durch die schweren Träume
der Koppeln.

NOVEMBERSTRAND

Strandleere.
Herbstwinde streifen
die Schweigsamkeit der Dünen.
Anrollende Flut.
Brandungslust –
Brandungsängste.
Verwegen die Verlassenheit.
Einzelne Boote treiben durch
Erinnerungen.
Zutraulich und
beschwörend
das Raunen der Buhnen.

DIE BLAUMEISE (I)

Wichtig.
Die Blaumeise ist wieder da.
Nach einem langen Sommer im Wald
kam sie zurück
mit Frost und November.
Nun
turnt sie wieder ihre Fröhlichkeit
durch meine Birken.
Nun
vagabundiert sie wieder mit
meinen Behauptungen und
strolcht durch
meine Glaubwürdigkeit.

NOVEMBERKÜHE

Kühe
auf der Novemberkoppel –
Nebel und Dämmerung
hüllen sie fast ein.
Gespenstisch zerfetzt
die Korbweiden.
Es wird kalt werden diese Nacht.
Kühe
auf der Novemberkoppel –
Sie kauen an ihrem Schicksal,
glotzen gegen
das Nichts.

ZWISCHEN DEN TAGEN

Die Turmuhr schlug zwei.
Das Dorf
liegt unter Schlaf.
Ohne Bewußtsein die Stunden.

Nebelfratzen
über dem Bach.
Unwirklich und müde
die alten Laternen.
Alle Fernsehprogramme sind
ausgelaufen.
Still ist es –
unsagbar
still.
Man kann
die Sorgen, die Schwüre
nicht hören.

Indes –
die Schlagzeilen
für den neuen Tag
sind schon gedruckt.

RAUHREIFGEDANKEN

Mantel und Schal und
eiskalter Wind.
Rauhreifgedanken.
Die Verlassenheit eines kreisenden Habichts,
seine Jagd und
seine aristokratische Lust.
Sich tragen lassen, sich behaupten.
Unerbittlich.
Stolz.
Ich ziehe den Kragen hoch
über
das aufgescheuchte Möwenvolk.

JEDER WINTER IST ANDERS

Jeder Winter ist anders.
Nicht
jeder Winter kommt
auf lustigen Schlitten.
Oft
stapft er grob und dreist daher,
manchmal
schleppt er sich mühsam.
Jeder Winter
versteckt seine Kreuze
unter dem Schnee.
Was wissen wir schon?
Was schon
können wir tun,
wie schon
können wir uns wehren?
Jeder Winter schlägt zu.
Jeder Winter lost Schicksale aus –
jeder Winter
hat ein anderes Gesicht.

DEZEMBERBRANDUNG

Satzfetzen
treiben im Meer.
Vokale und Konsonanten prallen
gegen die Küste.
Sprachlos und
gedankenlos
der schäumende Strand.
Die Brandung keucht und betet.
Wolken stürzen,
die Fantasie stürzt.
Auch ich
stürze
und
treibe
gegen den Muschelfels.
Es tut nicht weh –
die Vergangenheit ist tot.

DIE BLAUMEISE (II)

Sie kommt aus dem Herbst.
Jetzt
nimmt sie meine Sonnenblumenkerne,
mein Quartier.
Täglich
schlüpft sie
in meine Erwartungen und Verstecke.
Sie wiegt sich
in den schlanken Ästen
meines Vertrauens.
Troubadour dunkler Träume.
Sie durchstöbert
alle Heimlichkeiten, alle Hecken,
alle Winkel
meiner Existenz.
Ich weiß –
ich kann mich ausliefern.

SCHNEELUFT

Schneeluft.
Schroff die Pappeln,
schroff
der einsame Hof.
Die Gedanken
klirren und knirschen.
Fantasie zerspringt.
Heimatlos
streichen Möwen
über das weite flache Land.

LANDSCHAFT IN WEISS

Der Abend
legt sich still über
das kalte flache seltsame Land.
Schneemüdigkeit.
Schneeschlaf –
ohne Gewißheit.
Wie die Koppelzäune schweigen!
Landschaft in Weiß.
Warten auf
März und Mai.
Fragen nach
wohin und woher und
warum.

JANUAR AM NIEDERRHEIN

Hasen zuhauf
in neckischen Sprüngen über den Schnee.
Davongekommene.
Auf dem Landweg
zertretene rote Beete
wie Blutlachen.
Kohlfelder verrotten genüßlich.
Jäger und Elsterntod.
Paradiesisch
fast
der große Hof
hinter Hecken und Pappeln.
Das weite Weiß
brennt.
Januar am Niederrhein.

SCHNEEZEIT

Frauen mit verschneiten Wünschen.
Schlittenkinder.
Ein alter Mann im alten Park –
allein.
Schnee ist international.

INHALT

I 5

AM ANFANG 6
VERTIEFUNG 7
VERÄNDERUNG 8
SCHWIERIGKEITEN 1979 9
UMWELTFREUNDLICH 10
GANG MIT WORTEN 11
BEUNRUHIGUNG 12
ICH BIN DER HERBSTSTURM 13
FLASCHENPOST 14
VERBEULTE ZEIT 15
GROTESK DAS FLACKERN DER KERZE 16
EIN SCHÖNER TAG 17
HERAUSFINDEN 18
KALTE WAND 19
MORGEN IST MITTWOCH 20
ZUSAMMENHANG 21
EIN SCHWIERIGER ABEND 22
ICH BIN NICHT — WO ICH BIN 23
MITTLERE JAHRE 24
MÖBLIERUNG 25
DAS EINFACHE 26
WAGHALSIG 27
VERBRENNE DEN SCHMERZ 28
VORLÄUFIG 29
STUNDEN UND TAGE 30
SIE TUT SICH SCHWER 31
MÜHSAMER WEG 32
WORTE 33
EINEN SATZ SPRECHEN 34
WENN WORTE ZURÜCKLAUFEN 35
ILLUSIONEN 36
DIE DOPPELTE MÄR 37
DIE ERDE TAUMELT 38
VERWANDLUNG UND ABSCHIED 39
WAS IST ES DENN? 40
KURZE STRECKE 41

GEWÖHNUNG   42
AUSLIEFERUNG   43
GEWISSE GEDANKEN   44
ICH WILL NICHTS   45
SPIELRAUM   46
NIE ENDET DER WEG   47
HEIMAT   48
DAS GROTESKE   49
SICH VERHEDDERN   50
LUFTSCHLOSS   51
GLAUBENSNESTER   52
NICHTS   53
UNGEREIMT   54
EPISODE   55
UMZINGELUNGEN   56
SONNTAGNACHMITTAG   57
AUSLÖSENDE WORTE   58
SICH HERAUSHOLEN   59
SONDERBAR BLANKES GEFÜHL   60
MANGELERSCHEINUNG   61
WENN MAN SICH NICHTS VORMACHT   62
ZECHEN UND ZELTEN   63
LÄSSIG   64
DAS HALBDUNKEL   65
DAMALS   66
KÄMPFEN   67
DIENSTAG ODER MITTWOCH   68
RATLOS   69
SILVESTER   70
WAS WAR WAS BLEIBT   71
SELTSAME GESELLSCHAFT   74
IN MEMORIAM FRIEDRICH GRIESE   75
LISTE DER VERZWEIFLUNG   76

II   77

NIEDERRHEIN (I)   78
MIT DER EBENE LEBEN   79
ALLEIN MIT DEM BUSSARD   80
MÄRZ   81

AN SO EINEM TAG   82
APRIL — UND DAS NORMALE   83
FRÜHLING   84
DIE BIRKEN SCHWEIGEN   85
DER MORGEN   86
WAS   87
DIE ERDE DAMPFT   88
STUNDE DER AMSEL   89
UNBESTECHLICHKEIT   90
PRIVATE FAHNE   91
VERLÄSSLICH   92
LÄCHELN   93
DU WIRST SEHEN   94
ZARTGRÜN DIE GRÜSSE   95
VETTER DES HERBSTES   96
SIEH AUF DAS SCHLAFENDE SCHILF   97
NERV DES TAGES   98
FRÜHMORGENS   99
WOHIN   100
UNVERÄNDERT   101
KITSCHIG   102
SPÄT   103
LEIDENSCHAFTLICHER ABEND   104
HASEN DUCKEN SICH   105
SPÄTJULIABENDS   106
TAGESORDNUNG   107
FERIEN   108
NICHTS SCHMERZT   109
NUN   110
WORTKARG DER TAG   111
MEINUNGSÄNDERUNG   112
MAUERSEGLER   113
ANNÄHERUNG   114
FRIST   115
DER DUNKLE SEE   116
ZUSCHAUEN   117
DIE WINDSTILLE TRÜGT   118
VORHERBST AM NIEDERRHEIN   119
ES IST KÜHL   120
SEPTEMBERTAG   121

NIEDERRHEIN (II)   122
SEPTEMBERREGEN   123
HERBSTMENSCHEN   124
ERKENNUNGSSCHWIERIGKEIT   125
HERBSTLICH   126
DIE ALTE WEIDE   127
DER OKTOBER ALS PHILOSOPH   128
NIEDERRHEINHERBST   129
NOVEMBERSTRAND   130
DIE BLAUMEISE (I)   131
NOVEMBERKÜHE   132
ZWISCHEN DEN TAGEN   133
RAUHREIFGEDANKEN   134
JEDER WINTER IST ANDERS   135
DEZEMBERBRANDUNG   136
DIE BLAUMEISE (II)   137
SCHNEELUFT   138
LANDSCHAFT IN WEISS   138
JANUAR AM NIEDERRHEIN   139
SCHNEEZEIT   139
INHALT   140
VITA   144